행복이 샘솟는 가족 동화집

피터 래빗의 친구들 2

행복이 샘솟는 가족 동화집

피터 래빗의 친구들 2

1판 1쇄 | 2018년 4월 30일

지은이 | 베아트릭스 포터
옮긴이 | 김나현
펴낸이 | 장재열
펴낸곳 | 단한권의책
출판등록 | 제25100-2017-000072호(2012년 9월 14일)
주소 | 서울, 은평구 갈현로37길 1-5, 202호(갈현동, 천지골드클래스)
전화 | 010-2543-5342
팩스 | 070-4850-8021
이메일 | jjy5342@naver.com
블로그 | http://blog.naver.com/only1book

ISBN 978-89-98697-42-6 04840
978-89-98697-43-3 (세트)
값 | 5,000원

번역 과정에서 이 책의 일부 내용을 국내 사정에 맞게 수정했습니다.
그러나 원본이 지닌 맛을 최대한 살리려 노력했고, 비교해서 보실 수 있도록 원문을 뒤에 실었습니다.

행복이 샘솟는 가족 동화집

The Friends of Peter Rabbit

미니 피터 래빗의 친구들 2

베아트릭스 포터 지음 | 김나현 옮김

단한권의책

contents

집으로 찾아오는 손님에게 대접할 맛있는 음료를 열심히 만드는 세슬리 파슬리와 돼지 가족의 어떤 하루 이야기, 강아지에게 음식을 만들어주는 고양이까지. 동물친구들이 평범한 일상을 보내는 내용의 베아트릭스 포터의 두 번째 동요집입니다. 빼어난 삽화에서 감상할 수 있는 소박하지만 아름다운 숲속 풍경은 자연을 사랑하는 마음이 저절로 들게 하지요.

세슬리 파슬리의 동요

Cecily Parsley's Nursery Rhymes

작은 농장에서 살고 있는 세슬리 파슬리,

멋진 손님들이 마실 맛있는 맥주를 만들었지.

손님들은 매일같이 찾아왔다네.

세슬리 파슬리가 멀리멀리 도망갈 때까지!

거위, 거위, 수거위야

어디를 가느냐?

"위층, 아래층도 가보고

마님 방에도 간단다."

이 돼지가 시장에 가면

이 돼지는 집에 남아 있지.

이 돼지는 고기 한 덩어리를 먹고

이 돼지는 아무것도 가진 게 없구나.

꿀꿀꿀,

새끼 돼지가 울고 있어요.

꿀꿀꿀,

집에 가는 길을 잃어버렸어요.

난롯가에 고양이가 앉아 있어요.

맛있는 요리를 어떻게 나눠 먹을까 고민하고 있네요.

그때 걸어 들어오는 강아지 씨.

"고양이 씨, 거기 있어요?"

"잘 지냈어요, 고양이 씨?"

"친절한 강아지 씨 덕분에 잘 지냈어요!"

세 마리의 눈먼 생쥐,

세 마리의 눈먼 생쥐,

도망가는 꼴 좀 보세요.

셋 다 농부의 아내 뒤를 쫓고 있어요.

농부의 아내는 커다란 주방용 칼로

생쥐들의 꼬리를 자르고 있네요!

눈먼 생쥐를 본 적이 있나요?

멍! 멍! 멍!

너는 어느 집에 사는 개니?

"나는 작은 땜장이 톰의 집 개에요,

멍! 멍! 멍!"

우리에겐 작은 정원이 있어요.

우리만의 작은 정원이랍니다.

매일 같이 씨앗에 물을 주지요.

우리는 정원을 사랑해요.

정성으로 정원을 가꾸죠.

시든 나뭇잎은 찾아볼 수 없어요.

마른 꽃도 없지요.

빨간 코에

하얀 속치마를 입은

멍청한 유모는

오래 서 있을수록

키가 작아져 버릴 거야.

피터 래빗의 사촌동생 플롭시는 벤저민 버니와 결혼해서 넉넉하진 않았지만 명랑하고 쾌활한 아기 토끼들 덕분에 행복한 나날을 보내고 있었답니다. 그러던 어느 날, 배고픈 아기 토끼들에게 줄 먹을 것이 똑 떨어지고 말았답니다. 벤저민 버니는 어쩔 수 없이 아기 토끼들을 데리고 먹을 것을 찾아서 맥그리거 아저씨의 정원 근처까지 가게 되었답니다. 맛있고 보드라운 풀을 배불리 먹고 깜빡 잠이 든 벤저민 버니와 아기 토끼들은 정원을 다듬고 있던 맥그리거 아저씨에게 들키고 말았는데요. 과연 벤저민 버니와 아기 토끼들은 맥그리거 아저씨에게 잡아먹히지 않고 무사히 도망쳐 나올 수 있을까요?

플롭시의 어린 토끼들 이야기

The Tale of the Flopsy Bunnies

한꺼번에 많은 양의 상추를 먹으면 수면제를 먹은 것처럼 잠이 쏟아진다고 합니다.

저는 어린 토끼가 아니라 상추를 먹고 졸렸던 적은 없지만 플롭시의 어린 토끼들은 강력한 수면효과를 직접 겪어본 적이 있다고 하네요.

벤저민 버니가 자라서 그의 사촌인 플롭시와 결혼을 했습니다. 둘은 대가족을 꾸렸는데, 아이들 모두 밝고 명랑했습니다. 아이들의 이름이 일일이 기억나지는 않지만, 사람들은 흔히 '플롭시의 어린 토끼들'이라고 불렀답니다.

늘 먹을 것이 풍족했던 건 아니라서 플롭시의 가족들은 채소밭을 운영하는 피터 래빗에게 양배추를 얻어먹곤 했습니다.

하지만 가끔은 피터 래빗도 나눠 줄 양배추가 없을 때가 있었습니다.

그럴 때마다 플롭시의 가족들은 들판을 가로질러 맥그리거 아저씨의 정원 밖 도랑에 있는 쓰레기 더미로 갔습니다.

맥그리거 아저씨의 쓰레기 더미에는 다양한 물건들이 마구 뒤섞여 있곤 했답니다. 둥근 잼 병, 종이봉투, 잔디 깎는 기계에서 쏟아져 나온 잘게 잘린 풀 더미는 물론, 썩어서 흐물흐물해진 호박, 오래된 부츠 한두 짝까지.

그러던 어느 날이었습니다.

"이게 무슨 행운이람!"

플롭시의 가족들은 쓰레기 더미 속에서 웃자란 상추가 잔뜩 있는 것을 발견했습니다.

배가 고팠던 플롭시의 어린 토끼들은 상추를 맛있게 뜯어 먹으며 배를 채웠습니다. 그러자 점점 졸음이 밀려오기 시작했고 한 마리씩 풀 위로 쓰러져 잠이 들고 말았습니다.

벤저민 버니는 어린 토끼들처럼 까무룩 잠에 빠져들지는 않았습니다. 머리에 파리가 들러붙지 않도록 종이봉투를 뒤집어 쓸 정도의 정신은 있었거든요.

상추를 배불리 먹은 어린 토끼들은 따뜻한 햇볕 아래서 달콤한 잠에 빠져들었습니다.

멀리 맥그리거 아저씨의 정원에서 잔디 깎는 기계가 달그락거리며 돌아가는 소리가 들렸습니다. 파리가 휘 휘 날아들고, 작은 생쥐 부인이 둥근 잼 병 사이에서 쓰레기를 뒤적이고 있었습니다 (이 생쥐 부인의 이름은 토마시나 티틀마우스라고 한답니다, 긴 꼬리를 가진 숲 쥐죠).

티틀마우스 부인이 종이봉투를 바스락거리는 소리에 벤저민 버니가 잠에서 깨어났습니다. 티틀마우스 부인은 거듭 미안해하며 자신이 피터 래빗과 아는 사이라고 소개했습니다.

티틀마우스 부인과 벤저민 버니가 이야기를 나누는 동안 묵직한 발소리가 들렸습니다.

맥그리거 아저씨였습니다. 아저씨는 티틀마우스 부인과 벤저민 버니의 머리 위에 서서 풀이 가득 들어있는 자루를 가져와 털어내기 시작했습니다. 어린 토끼들 위로 풀 더미가 쏟아졌습니다. 벤저민 버니는 재빨리 종이봉투 아래로 몸을 숨겼고 티틀마우스 부인은 다시 둥근 잼 병 안으로 쏙 들어갔습니다.

어린 토끼들은 행복한 미소를 지으며 곤히 잠들어 있었습니다. 엄마 토끼 플롭시가 포근하고 따뜻한 건초 침대에 눕혀주는 꿈을 꾸고 있을지도 모르지요.

자루를 깨끗이 비운 맥그리거 아저씨는 버려진 풀 더미를 내려보았다가 삐죽 솟아오른 토끼 귀를 발견했습니다. 맥그리거 아저씨는 가만히 서서 잠시 관찰해보기로 마음먹었습니다.

어디선가 파리가 날아와 토끼 귀에 내려앉자, 갈색 털로 뒤덮인 귀 끝이 간지럽다는 듯 파닥파닥 움직였습니다.

맥그리거 아저씨는 쓰레기 더미로 미끄러지듯 내려갔습니다.

"하나, 둘, 셋, 넷, 다섯, 여섯! 여섯 마리의 새끼 토끼라니!"

맥그리거 아저씨가 말했습니다. 그는 토끼들을 한 마리씩 자루에 집어넣기 시작했습니다.

어린 토끼들은 자루에 들어가는 줄도 모르고 엄마가 침대에서 자세를 고쳐 안아주는 꿈을 꾸었습니다. 잠결에 살짝 버둥거렸지만, 여전히 깨어나지는 않았습니다.

맥그리거 아저씨는 어린 토끼들을 넣은 자루를 꽁꽁 묶어 한쪽 벽에 세워둔 뒤, 잔디 깎는 기계를 정리하러 갔습니다.

맥그리거 아저씨가 자리를 비운 사이, 벤저민 버니와 어린 토끼들을 기다리던 엄마 토끼 플롭시가 들판을 지나 맥그리거 아저씨의 쓰레기 더미 근처까지 찾아왔습니다.

흔적도 없이 사라진 가족들을 찾고 있던 플롭시는 묵직한 자루 하나를 수상쩍게 바라봤습니다.

그때, 둥근 잼 병 안에 숨어있던 티틀마우스 부인이 나타났습니다. 벤저민 버니도 뒤집어쓰고 있던 종이봉투를 걷어냈습니다. 다시 만난 벤저민 버니와 플롭시는 서로 반가워했지만 곧 슬픔에 빠졌습니다. 둘의 힘만으로는 어린 토끼들이 들어있는 자루에 묶인 끈을 풀 수 없었기 때문입니다.

벤저민 버니와 플롭시를 보고 있던 꾀 많은 티틀마우스 부인이 자루 바닥에 난 구멍을 야금야금 갉아 먹기 시작했습니다.

작전은 성공이었습니다.

벤저민 버니와 플롭시는 잠든 토끼들을 자루에서 꺼내 한 마리씩 꼬집어 깨운 뒤, 텅 빈 자루 속에 썩은 호박 세 개와 시커먼 덤불 하나, 썩은 순무 두 개를 넣었습니다. 어린 토끼들 대신 말이죠. 그들은 수풀 아래에 숨어서 맥그리거 아저씨를 지켜보기로 했습니다.

맥그리거 아저씨는 영문도 모른 채 자루를 들고 집으로 돌아갔습니다. 아까보다 좀 더 무거워졌는지 자루가 아래로 축 처져 버렸네요. 벤저민 버니와 플롭시, 어린 토끼들은 살그머니 그의 뒤를 쫓아갔습니다.

맥그리거 아저씨가 집에 들어가자 벤저민 버니, 플롭시, 어린 토끼들은 창문으로 기어 올라갔습니다.

집에 도착한 맥그리거 아저씨는 자루를 돌바닥 위에 내팽개쳤습니다. 만약 자루 안에 어린 토끼들이 그대로 있었다면 얼마나 아팠을까요.

맥그리거 아저씨가 돌바닥 위에 의자를 질질 끌어 앉더니 키득거리며 말했습니다.

"하나, 둘, 셋, 넷, 다섯, 여섯 마리의 새끼 토끼라니!"

"어머, 이게 뭐야? 어디서 이렇게 썩은 냄새가 나지?"

맥그리거 부인이 말했습니다.

"하나, 둘, 셋, 넷, 다섯, 여섯 마리의 살찐 새끼 토끼!"

맥그리거 아저씨는 손가락으로 숫자를 셌습니다.

"하나, 둘, 셋……."

"무슨 바보 같은 짓을 하는 거예요? 이 답답한 양반아!"

맥그리거 부인이 말했습니다.

"자루 안에 하나, 둘, 셋, 넷, 다섯, 여섯! 여섯 마리의 살찐 새끼 토끼가 있어!"

맥그리거 아저씨가 말했습니다.

막내 토끼가 창문틀로 올라갔습니다.

맥그리거 부인은 자루를 들어 내용물을 만져 보더니 맥그리거 아저씨에게 말했습니다. 분명히 여섯 마리가 만져지긴 하지만, 너무 딱딱하고 모양도 다 다른 걸 보니 늙은 토끼일 거 같다고 말이죠.

"먹을 순 없겠지만 가죽은 내 망토 안감으로 쓰면 되겠네요."

"망토 안감이라니?"

맥그리거 아저씨가 소리쳤습니다.

"저것들을 팔아서 내 담배를 사야지! 아니, 토끼 담배…… 가죽을 벗기고 머리를 잘라야겠어!"

맥그리거 부인은 자루에 묶인 끈을 풀어 손을 집어넣었습니다. 토끼가 들어있는 줄 알았던 자루 속에 지독한 냄새가 나는 썩은 채소들이 들어 있는 걸 알자 너무나도 화가 나서 맥그리거 아저씨에게 "마음대로 하세요!"라고 말했습니다.

뒤늦게 이 사실을 알게 된 맥그리거 아저씨도 화가 나서 자루 속에 들어 있던 썩은 호박을 던져 버렸습니다. 하필이면 부엌 창문에 서 있던 막내 토끼가 호박에 맞았습니다. 막내 토끼는 무척이나 아팠습니다.

벤저민 버니와 플롭시는 이제 집에 갈 시간이라고 생각했습니다.

그리하여 맥그리거 아저씨는 담배를 사지 못했고 부인도 토끼 가죽을 갖지 못했답니다.

하지만 다음 크리스마스에 토마시나 티틀마우스 부인은 망토와 모자, 멋진 방한용 토시에 따뜻한 벙어리 장갑까지 만들 수 있을 정도로 많은 토끼털을 선물 받았답니다.

신경질적이고 예민한 여우 토드 씨는 숲속에 여러 채의 집을 가지고 있어서 기분이 나쁠 때마다 집을 옮겨 다닙니다. 오소리 토미 브록은 토드 씨가 집을 비울 때 몰래 잠을 자거나 집을 더럽히곤 해서 둘 사이는 좋을래야 좋을 수가 없답니다. 벤저민 버니의 할아버지는 플롭시와 벤저민 버니가 외출해 있을 동안 아기 토끼들을 돌봅니다. 어느 날 토미 브록은 벤저민 버니의 아기 토끼들을 주머니에 넣어 훔쳐 달아났습니다. 이 사실을 알게 된 벤저민 버니는 피터 래빗과 함께 토미 브록의 뒤를 쫓아갑니다. 둘은 토미 브록이 아기 토끼들을 잡아먹어버리기 전에 무사히 구해낼 수 있을까요?

토드 씨 이야기

The Tale of Mr. Tod

나는 지금까지 착한 사람들에 대한 이야기를 써왔습니다. 이번에는 지금과는 달리 '토미 브록'과 '토드'라는 두 명의 악당에 대해 이야기 할 것입니다.

아무도 토드 씨가 좋은 여우라고 생각하지 않습니다. 더욱이 토끼들은 그를 못 견뎌 합니다. 토끼들은 1km 밖에서도 토드 씨의 냄새를 맡을 수 있습니다. 토드 씨는 종잡을 수 없는 습관에 교활한 수염을 가지고 있어 토끼들은 그가 어디로 튈지 알지 못했습니다.

언젠가는 토드 씨가 나뭇가지로 만든 집에서 지내며 벤저민 바운서 할아버지 가족들을 공포에 떨게 한 적이 있습니다. 다음 날 그는 호수 근처에 버드나무가지로 만든 집으로 옮겨 들오리와 물쥐들에게 겁을 주었습니다.

토드 씨는 겨울과 초봄에는 오트밀 크래그 아래, 황소 제방 언덕 꼭대기의 바위들 사이에서 지냅니다.

그는 집을 여섯 채나 갖고 있지만, 집에 있는 일은 거의 없습니다. 토드 씨가 집에 없을 때 그 집이 비어있는 것은 아닙니다. 가끔 오소리 토미 브록이 허락도 없이 머물곤 하기 때문이죠.

토미 브록은 털이 짧고, 뚱뚱하며 얼굴 가득 웃음을 머금고 뒤뚱뒤뚱 걸어 다니는 오소리입니다. 토미 브록은 벌집과 개구리, 벌레를 먹는데, 밤늦게까지 먹이를 찾아 땅을 파고 다닙니다. 그래서인지 행색은 아주 지저분했습니다. 토미 브록은 주로 낮에 잠을 자는데, 항상 부츠를 신은 채로 침대에 눕곤 했습니다. 게다가 그 침대는 대개 토드 씨의 침대였습니다.

토미 브록은 가끔, 아주 가끔 '토끼 파이'를 먹었습니다. 하지만 그건 정말 먹을 게 부족할 때나 있는 일이었고, 먹더라도 아주 어린 녀석으로 먹곤 했답니다. 토미 브록은 바운서 할아버지에게 곰살맞게 구는 오소리 였답니다. 할아버지와 토미 브록은 못된 수달과 토드 씨를 싫어했는데, 종종 그 머리 아픈 주제에 대해서 이야기를 나누곤 했습니다.

바운서 할아버지는 요 몇 년 동안 몸이 좋지 않았습니다. 할아버지는 머플러를 두르고 토끼 파이프 담배를 피우며, 굴 밖에 앉아 봄볕을 쬐고 있었습니다. 그는 며느리 플롭시와 아들 벤저민 버니, 손주인 어린 토끼들과 함께 살았습니다. 오후에는 아들 부부가 외출을 하므로 그 사이에는 할아버지가 집안을 돌보았답니다.

이제 막 눈을 뜨고 발길질을 시작한 어린 토끼들은 토끼굴에서 멀리 떨어진 얕은 구덩이에 토끼털과 지푸라기로 만든 침대 위에 누워 있었습니다. 사실대로 말하자면, 바운서 할아버지는 손주들이 있다는 걸 깜빡하고 말았지요.

할아버지는 따뜻한 햇볕 아래 앉아 토미 브록과 이야기를 나누고 있었습니다. 토미 브록은 자루와 땅을 팔 때 쓰는 끌, 두더지 덫을 가지고 숲을 지나가는 중이었습니다. 토미 브록은 꿩 알이 별로 없다며, 모두 토드 씨 때문이라고 불평했습니다. 게다가 자신이 겨울잠을 자는 사이에 수달들이 개구리를 모조리 먹어치워 버리는 바람에 20일 동안 밥 다운 밥을 먹어보긴커녕 먹은 거라곤 땅콩이 전부라며, 이대로 가다가는 채식주의자가 되던지 자기 꼬리라도 먹어야 할 것 같다고 구시렁거렸습니다.

그의 말은 농담이 아니었지만, 할아버지는 무척 재미있었습니다. 토미 브록은 땅딸막하고 뚱뚱한 데다 우스꽝스럽게 웃고 있었으니까요.

즐거워진 할아버지는 토미 브록에게 토끼굴 안으로 들어와 씨앗 케이크 한 조각과 플롭시가 담근 노란 꽃 와인 한 잔을 맛보고 가라고 권했습니다. 토미는 기다렸다는 듯이 토끼굴로 뒤뚱뒤뚱 들어갔습니다.

집으로 들어간 할아버지는 파이프에 불을 붙여 담배를 피우기 시작했습니다. 물론 토미 브록에게도 아주 독한 양배추 잎담배를 건네주었죠. 할아버지의 얼굴은 그 어느 때보다 밝았습니다. 토끼굴은 금세 연기로 가득해졌습니다. 할아버지와 토미 브록은 뻐끔뻐끔 담배를 피우며 활짝 웃었습니다. 바운서 할아버지는 뭐가 그렇게 재미있는지 연신 껄껄 웃다가 콜록콜록 기침하더니 매캐한 양배추 담배 연기에 눈을 질끈 감아버렸습니다.

할아버지는 플롭시와 벤저민 버니가 돌아오고 나서야 겨우 깨어났습니다. 그때는 이미 토미 브록과 어린 손주들은 온데간데없이 사라지고 말았죠!

바운서 할아버지는 플롭시와 벤저민 버니에게 토끼굴에 누군가 들였다는 사실을 말하지 않았습니다. 하지만 지독한 오소리 냄새와 모래 위에 꾹꾹 찍힌 발자국은 감출 수 없었습니다. 플롭시는 할아버지를 때리며 다그쳤습니다. 바운서 할아버지는 아무 말도 할 수 없었습니다. 벤저민 버니가 토미 브록의 뒤를 따라 출

발했습니다. 토미 브록의 뒤쫓는 일은 어렵지 않았습니다. 그저 발자국을 따라가기만 하면 되니까요.

토미 브록은 숲속의 구불구불한 오솔길을 따라 느리게 걸어가고 있었습니다. 여기서는 이끼와 아기 괭이밥을 뽑아 놓고, 저기서는 호밀 풀을 찾으려고 꽤 깊은 구멍을 파 놓았습니다. 벤저민 버니는 마른 땅 위에 찍힌 발자국은 별로 신경 쓰지 않았습니다. 오소리의 무거운 발자국은 진흙 위에서 선명하게 보였기 때문입니다.

오솔길은 나무들이 말끔히 다듬어져 있는 덤불 지대로 이어졌습니다. 그곳에는 나뭇잎이 무성한 참나무 그루터기와 바다처럼 푸른빛을 띠는 히아신스가 있었습니다. 코를 간질이는 냄새에 벤저민 버니는 우뚝 멈춰 섰습니다. 그건 꽃에서 나는 냄새가 아니었답니다.

벤저민 버니의 눈앞에 여우 토드 씨의 나뭇가지로 만든 집이 있었습니다. 토드 씨가 집에 있기라도 하는지 여우 냄새뿐만 아니라 굴뚝 대신 엎어 놓은 망가진 양동이에서 연기가 나오고 있는 것이 보였습니다.

벤저민 버니는 벌떡 일어나서 콧수염을 씰룩거렸습니다. 집 안에서 누군가 접시를 떨어뜨렸는지 이야기를 나누는 소리가 들렸습니다. 벤저민 버니는 발을 구르며 달아났습니다.

벤저민 버니는 숲의 반대 방향에 이를 때까지 쉬지 않고 걸었습니다. 보아하니 토미 브록도 같은 길로 방향을 바꾼 것 같았습니다. 담 꼭대기에 오소리의 발자국이 보였고, 장미 가시에 걸린 자루의 실오라기도 눈에 띄었습니다.

벤저민 버니는 담 위로 올라가 목초지로 향했습니다. 그는 설치해 놓은 지 얼마 되지 않은 또 다른 두더지 덫을 발견했고, 계속해서 토미 브록을 뒤쫓았습니다. 늦은 저녁이 되자 다른 토끼들이 저녁 공기를 쐬기 위해 밖으로 나왔습니다. 파란 코트를 입은 토끼 한 마리가 민들레를 찾느라 정신이 없는 모습이 눈에 들어왔습니다.

"피터! 피터 래빗!"

벤저민 버니가 소리쳤습니다.

파란 코트를 입은 토끼가 귀를 쫑긋 세우며 일어섰습니다.

"무슨 일이야, 벤저민? 고양이라도 나타났어 아니면 족제비?"

"아냐, 아냐, 아니야! 토미 브록이 우리 가족을 자루에 넣어서 잡아갔어. 혹시 본 적 있어?"

"토미 브록? 몇 명이나 데려간 거야?"

"일곱. 모두 데려갔어! 토미 브록이 이쪽으로 왔는지 얼른 말해줘!"

"맞아, 10분 전에 이쪽으로 지나갔어. 토미 브록이 자루 속에 애벌레가 들어있다고 그랬어. 사실 애벌레치고는 발길질을 너무 세게 한다고 생각했는데……."

"어느 쪽이야? 토미가 어느 쪽으로 갔어, 피터?"

"나도 생각 좀 해 볼 테니 무슨 일이 어떻게 된 건지 처음부터 말해봐, 벤저민."

벤저민 버니는 피터 래빗에게 지금까지 있었던 모든 일을 말해줬습니다.

"바운서 삼촌이 평생 후회할 정도로 신중하지 못한 모습을 보이셨네."

피터 래빗은 생각에 잠겨 말했습니다.

"하지만 아직 희망은 있어. 자루 속에서 발길질을 한 걸 보면 어린 토끼들은 아직 살아있어. 그리고 아까 토미가 두더지 덫을 설치하는 걸 봤거든, 아마 이제 가서 한숨 자겠지. 아이들은 내일 아침에 먹으려고 놔뒀을 거야."

"어디야, 어디서 잠을 잘까?"

"진정해, 벤저민. 거기가 어딘지는 잘 알고 있어. 토드 씨가 나뭇가지로 만든 집에 있으면 토미는 황소 제방 꼭대기에 있는 토드 씨의 다른 집으로 가거든. 나도 자세히는 모르지만 내 여동생 코튼 테일에게 자기가 지나가야 하니 집을 나가라는 메시지를 남긴 적이 있어서 알고 있어."

(코튼 테일은 검은 토끼와 결혼을 했고, 언덕에서 살고 있습니다.)

피터 래빗은 쥐고 있던 민들레를 숨기고, 겁에 질려 벌벌 떨며 괴로워하는 벤저민 버니와 함께 황소 제방 꼭대기에 있는 토드 씨의 또 다른 집으로 향했습니다. 피터 래빗과 벤저민 버니는 여러 개의 들판을 가로지르고 언덕을 올랐습니다. 토미 브록의 발자국은 찾기 쉬웠습니다. 토미 브록은 10m에 한 번씩 자루를 내려놓으며 휴식을 취했던 것 같았습니다.

"힘들어서 분명 숨이 찰 거야. 고약한 냄새가 나는 걸 보니 아주 가까이에 있어. 못된 것 같으니!"

피터 래빗이 말했습니다.

햇볕은 여전히 목초지를 따뜻하게 비추고 있었습니다. 중간 정도 갔을 때, 코튼 테일이 자기 집 문 앞에 앉아 있었습니다. 그녀는 네 다섯 마리의 어린 새끼들과 놀아주고 있었습니다. 새끼 중 한 마리는 검은색, 나머지는 갈색이었습니다.

코튼 테일은 토미 브록이 저 멀리 지나가는 것을 봤다고 말했습니다. 둘은 코튼 테일에게 남편이 집에 있는지 물었고, 그녀는 자신이 지켜보는 동안 토미 브록이 두 번 정도 쉬었으며, 고개를 끄덕이며 자루를 가리켰다고 말했습니다. 꼭 그 모습이 크게 웃는 것처럼 보였다고 했지요.

"피터, 서두르자. 토미가 아이들을 먹어버릴 거야."

벤저민 버니가 말했습니다.

피터 래빗과 벤저민 버니는 언덕을 오르고 또 올랐습니다.

"코튼 테일의 남편이 집에 있다고 했어. 구멍 밖으로 검은색 귀가 삐죽 나온 걸 봤거든. 그 부부는 바위 가까이에 살기 때문에 이웃들을 화나게 만드는 일은 하지 않아, 빨리 와, 벤저민!"

피터 래빗이 말했습니다.

둘은 황소 제방 꼭대기의 숲 근처에 다다라서 오소리 토미 브록이 있는 여우 토드 씨의 집으로 다가갔습니다. 수북하게 쌓인 바위들 사이로 나무들이 자라 있었고, 그 아래 토드 씨의 집이 있었습니다. 가파른 언덕 꼭대기에 있는 그의 집 주변은 바위와 덤불이 감싸고 있었습니다. 피터 래빗과 벤저민 버니는 귀를 쫑긋 세우고 주변을 살피며 조심스럽게 기어 올라갔습니다.

여우 토드 씨의 또 다른 집은 튼튼한 문으로 굳게 닫혀 있었습니다. 동굴 같기도 하고 감옥 같기도 하고 곧 무너질 돼지우리 같기도 했습니다. 석양이 창문 유리를 붉은 불꽃색으로 물들이는 시간이 되었지만, 부엌에서는 불을 지피고 있지 않았습니다. 피터 래빗과 벤저민 버니는 창문으로 안을 들여다보았습니다. 다행히 마른 장작이 가지런히 놓여있었습니다. 벤저민 버니는 안도의 한숨을 쉬었습니다.

그런데 식탁 바로 위에 벤저민 버니를 몸서리치게 만드는 도구들이 놓여 있었습니다. 버드나무 무늬가 새겨진 텅 빈 파이접시와 고기를 저미는 나이프, 포크였답니다. 식탁 반대편에는 반쯤 펼쳐진 식탁보와 접시, 컵, 식사용 나이프와 포크, 소금통, 겨자와 의자 하나가 준비되어 있었습니다. 한마디로 누군가를 위한 저녁 식사 도구가 마련되어 있었던 거죠.

아무도 없는 부엌은 어찌나 조용한지 시계 소리만 들렸습니다. 어린 토끼들도 오소리도 보이지 않았습니다. 피터 래빗과 벤저민 버니는 창문에 코를 박고 컴컴한 안쪽을 들여다보려 애썼습니다.

둘은 집 반대편으로 재빨리 움직였습니다. 축축하고 지독한 냄새가 나고, 찔레꽃과 가시들이 제멋대로 자라나 있는 끔찍한 풍경에 벤저민 버니와 피터 래빗은 몸서리를 쳤습니다.

"세상에! 불쌍한 내 새끼들! 정말 두 번 다시 오고 싶지 않은 곳이야!"

벤저민 버니는 한숨을 쉬었습니다.

둘은 침실 창문으로 기어 올라갔습니다. 그곳도 부엌처럼 잠겨 있었습니다. 그런데 창틀에 생긴 지 얼마 되지 않은 지저분한 발자국이 찍혀 있었습니다. 거미줄이 끊어져 있는 걸 보니 최근에 창문이 열린 적이 있다는 걸 알 수 있었습니다. 방 안은 너무 어두워서 처음에는 아무것도 알아볼 수 없었지만 어둠에 익숙해지자 누군가 토드 씨의 침대에서 몸을 웅크리고 코를 골며 잠을 자고 있는 것이 보였습니다.

"토미는 부츠를 신은 채로 잠을 자."

피터 래빗이 속삭였습니다.

벌벌 떨고 있던 벤저민 버니는 창틀에서 피터 래빗을 떼어냈습니다. 토드 씨의 침대에서 토미 브록의 코 고는 소리가 계속 들렸습니다. 하지만 어린 토끼들의 모습은 어디에도 보이지 않았습니다.

이윽고 해가 지고 숲속의 부엉이가 울기 시작했습니다. 여우 토드 씨의 집 뒤에는 토끼 뼈, 해골, 닭 날개와 그 밖의 끔찍한 것들이 묻혀있거나 기분 나쁜 것들이 여기저기 뒹굴고 있었습니다. 매우 충격적이고 아주 깜깜한 곳이었습니다. 둘은 집 앞으로 돌아와 잠긴 부엌 창문을 열려고 갖가지 방법을 써보았습니다. 창틀 사이의 녹슨 못도 밀어 올려 보려고 했지만, 너무 깜깜해서 아무런 소용이 없었습니다.

30분쯤 지나자 숲 위로 달이 떴습니다. 달님은 밝고 선명한 빛으로 바위들 사이에 있는 토드 씨의 집과 부엌 창문을 비춰주었지만, 벤저민 버니의 어린 토끼들은 어디에도 보이지 않았습니다.

달빛을 받은 나이프와 파이 접시가 반짝이고, 지저분한 마룻바닥을 가로지르는 밝은 길이 생겨났습니다. 달빛이 낸 길의 끝에 부엌 난로 벽에 붙은 작은 철문이 눈에 들어왔습니다. 그것은 벽돌 오븐의 문이었는데, 땔감용 나무 한 단을 넣어 불을 지피는 오래된 방식의 오븐이었습니다. 피터 래빗과 벤저민 버니는 한 가지 사실을 깨달았습니다. 바로 부엌 창문을 흔들 때마다 반대편의 작은 오븐 문이 동시에 흔들린다는 것입니다. 그래요, 어린 토끼들은 아직 살아있고, 오븐 문만 닫혀 있을 뿐이었습니다!

벤저민 버니는 토드 씨의 침대에서 자는 토미 브록이 깨지 않고 여태 코를 골며 잔다는 사실이 정말 다행이라고 생각했습니다. 하지만 마냥 좋지만은 않았습니다. 피터 래빗과 벤저민 버니는 창문을 열 수 없었고, 어린 토끼들은 아직 기지도 못할 만큼 어리기 때문에 스스로 문을 열어 나오기란 불가능에 가까웠거든요.

한동안 귓속말을 주고받던 피터 래빗과 벤저민 버니는 언덕 1~2미터 아래에 굴을 파기로 했습니다. 집 아래에 있는 커다란 바위들 사이로 굴을 팔 수 있기를 바랐습니다. 부엌 바닥은 너무 더러워서 흙으로 만든 건지 돌로 만든 건지 알 수가 없었습니다.

피터 래빗과 벤저민 버니는 몇 시간 동안 땅을 팠습니다. 돌이 많아서 굴을 제대로 팔 수 없었지만, 밤이 다 지날 무렵에는 부엌 바닥 아래에 닿을 수 있었습니다. 벤저민 버니는 반듯하게 누워서 위쪽을 향해 긁어댔습니다. 피터 래빗의 발톱은 몽땅 닳아버렸습니다. 피터 래빗은 굴 밖에서 흙을 퍼냈습니다. 어느덧 해가 떴고 숲속에서 새들이 지저귀고 있었습니다.

벤저민 버니는 어두운 굴 밖으로 나와 귀를 흔들며 흙을 털어내고 앞발로 얼굴도 닦았습니다. 언덕 위의 햇살 덕분에 점점 따뜻해지고 있었습니다. 계곡에는 안개가 피었고, 나무들이 황금빛으로 빛나고 있었습니다.

안개가 자욱한 들판에서 성나서 우는 새소리가 들렸고, 뒤이어 날카롭게 짖어대는 여우 울음소리가 들리자 피터 래빗과 벤저민 버니는 깜짝 놀라고 말았습니다. 당황한 둘은 바보같이 자신들이 판 굴 속으로 뛰어들어가 맨 끝, 토드 씨의 부엌 바닥 바로 아래에 몸을 숨겼습니다.

황소 제방으로 올라온 토드 씨는 기분이 나빠 보였습니다.

처음에는 깨진 접시에 화가 났습니다. 토드 씨가 잘못한 탓이었지만 그 접시는 도자기였던 데다가 토드 씨의 할머니께서 마지막으로 차려준 저녁 식사에 사용했던 소중한 그릇이었습니다. 그다음에는 벌레가 극성을 부려 맛있어 보이는 암꿩을 둥지에서 아깝게 놓쳐버리고 말았기 때문이랍니다. 알이라도 먹을까 해서 봤지만, 무려 5개 중에 2개가 썩은 것이었습니다. 토드 씨는 그렇게 만족스럽지 못한 밤을 보냈습니다.

기분이 상한 토드 씨는 늘 그랬듯이 집을 바꾸기로 했습니다. 처음에는 버드나무 집으로 가려고 했지만 습기가 차서 축축하고, 수달들이 집 근처에 죽은 생선을 버리고 간 것이 마음에 들지 않았습니다.

토드 씨는 자기 이외에 다른 이들의 흔적을 싫어했습니다.

토드 씨는 언덕으로 향했습니다. 오소리임이 틀림없는 발자국을 발견한 토드 씨는 기분이 영 나아지지 않았습니다. 이끼를 제멋대로 뽑아놓는 건 오직 토미 브록 뿐이었으니까요.

짜증이 난 토드 씨는 나뭇가지로 땅을 치며 토미 브록이 어디로 갔는지 생각했습니다. 그는 자신을 졸졸 쫓아오는 새들 때문에 더 화가 났습니다. 새들은 나무에서 나무로 날아다니며 들을 수 있는 거리에 있는 토끼들에게 고양이나 여우가 숲속에 나타났다고 조심하라고 끊임없이 울어댑니다. 토드 씨가 달려들며 짖자, 새들이 소리를 지르며 머리 위로 날아갔습니다.

토드 씨는 커다란 열쇠 꾸러미를 든 채 문 앞으로 다가가 수염을 곤두세우고 코를 킁킁거렸습니다. 분명히 문은 잠겨있지만, 안에 누군가 있는 것 같았습니다. 토드 씨가 대문에 열쇠를 꽂고 조심스럽게 집 안으로 들어갔습니다. 물론 벤저민 버니와 피터 래빗은 토드 씨가 집으로 들어가는 소리를 들었습니다.

눈 앞에 펼쳐진 부엌의 모습에 토드 씨는 화가 났습니다. 누군가가 토드 씨의 의자, 토드 씨의 파이 접시, 토드 씨의 나이프와 포크, 그리고 토드 씨의 겨자와 소금통, 서랍에 잘 접어서 넣어둔 식탁보까지 모두 꺼내서 저녁(혹은 아침) 식사를 할 준비를 해 놓은 것입니다. 이건 의심할 여지도 없이 토미 브록의 짓이었습니다(다행히도 흙과 더러운 오소리 냄새에 토끼 냄새는 감쪽같이 가려졌습니다).

하지만 토드 씨의 주의를 끈 것은 냄새가 아니라 소리였습니다. 낮고 느린 코 고는 소리가 그의 침실에서 들려왔습니다.

토드 씨는 반쯤 열린 문틈 사이로 안을 들여다보았습니다. 그리고는 서둘러 집 밖으로 나왔습니다. 그의 빳빳한 콧수염과 코트 깃이 분노로 가득 차 바짝 위로 세워졌습니다.

이후 20분 동안 토드 씨는 조심스럽게 집 안으로 들어 갔다가 서둘러 밖으로 나오기를 반복했습니다. 그는 천천히 침실 바로 앞까지 다가갔습니다. 집 밖에서는 화가 나서 땅을 긁다가도 막상 집 안으로 들어가면 그저 토미 브록의 이빨 모양을 맘에 들어 하지 않을 뿐이었습니다.

아무것도 모르는 토미 브록은 입을 벌린 채 활짝 웃으며 똑바로 누워있었습니다. 그는 평화롭게 규칙적으로 코를 골았지만, 눈은 반쯤 뜨고 있었습니다.

토드 씨는 침실을 들락날락했습니다. 두 번은 지팡이를 들고 들어가고, 한 번은 석탄 통을 들고 들어갔습니다. 하지만 그보다 더 좋은 방법이 생각났습니다.

토드 씨가 석탄 통을 치우고 다시 방에 들어갔을 때, 토미 브록은 더 깊이 잠들어 있었습니다. 토미 브록은 구제 불능의 게으름뱅이였거든요. 토미 브록은 토드 씨가 하나도 두렵지 않았습니다. 그저 너무 게으르고 움직이기 싫을 만큼 편했기 때문에 가만히 자는 척하고 있었습니다.

토드 씨가 빨랫줄을 가지고 다시 침실로 들어왔습니다. 그는 잠시 서서 토미 브록을 쳐다보며 코 고는 소리를 주의 깊게 들었습니다. 코를 고는 토미 브록은 평화로워 보였지만 시끄러웠습니다.

토드 씨는 침대를 등지고 서서 창문을 열었습니다. 삐걱하고 창문이 열리는 소리가 들리자 토드 씨는 재빨리 뒤를 돌아보았습니다. 토미 브록이 잠에서 깰 듯 말 듯 한쪽 눈을 떴다가 빠르게 눈을 감았습니다. 그리고는 다시 코를 골기 시작했습니다.

침대가 창문과 방문 사이에 있던 탓에 토드 씨의 행동은 조심스럽고 한편으로 불안해 보였습니다. 그는 열어둔 창문의 창틀 위로 빨랫줄의 대부분을 밀어냈습니다. 나머지 빨랫줄은 끝에 고리를 걸어서 손에 들었습니다.

토미 브록은 계속해서 코를 골았습니다. 토드 씨는 잠깐 서서 토미 브록을 바라보더니 다시 방을 나갔습니다. 토미 브록은 두 눈을 뜨고 빨랫줄을 본 뒤 활짝 웃었습니다. 창밖에서 소리가 들리자 토미 브록은 얼른 다시 눈을 감았습니다.

토드 씨는 현관을 통해 집 뒤쪽으로 돌아갔습니다. 가던 중에 토끼 굴에 발이 걸려 넘어지고 말았는데 만약 그 안에 누가 있는지 알았다면 곧바로 그들을 끌어냈을 것입니다. 토드 씨의 발이 토끼 굴 속의 피터 래빗과 벤저민 버니의 코앞까지 들어왔지만 다행히도 토드 씨는 이 동굴도 토미 브록이 파놓은 것이라고 생각했습니다. 그는 창문 위에 있는 빨랫줄 고리를 들고 잠시 주변 소리에 귀를 기울이고는 나무에 묶었습니다.

토미 브록은 한쪽 눈을 뜨고 이 모든 상황을 창문으로 보고 있었습니다. 그는 어리둥절했습니다. 토드 씨는 양동이에 샘에서 길어온 물을 가득 채워와 비틀거리며 침실로 갔습니다. 토미 브록은 코웃음 치면서 열심히 코를 골았습니다.

토드 씨는 물이 든 양동이를 침대 옆에 내려놓은 뒤 빨랫줄 끝의 고리를 잡고 잠시 망설이며 토미 브록을 쳐다보았습니다. 코골이는 거의 졸도할 지경이었지만 웃음소리는 그렇게 크지 않았습니다.

토드 씨는 조심스럽게 침대 머리맡에 놓인 의자 위로 올라갔습니다. 그의 다리는 아슬아슬할 정도로 토미 브록의 이빨과 가까웠습니다. 토드 씨는 빨랫줄 끝을 잡아 올려 고리를 만든 후 구제 불능 게으름뱅이 토미 브록의 머리 위에 있는 커튼 고리에 걸었습니다. 마침 집이 비어있었기 때문에 원래 있던 커튼과 침대보는 잘 정리해두었답니다. 토미 브록은 담요만 덮고 있었습니다.

토드 씨는 의자 위에 서서 토미 브록을 내려다보았습니다. 그는 세상 그 누구보다도 곤히 자고 있었습니다. 어떤 것도 토미 브록의 단잠을 방해할 수 없을 것처럼 보였습니다. 심지어 침대를 가로지르며 흔들리고 있는 빨랫줄까지 말이죠.

토드 씨는 조심스럽게 의자에서 내려와 물이 찬 양동이를 들고 일어서려고 했습니다. 토드 씨는 양동이를 토미 브록의 머리 위에 매달려있는 고리에 걸 작정이었습니다. 창문을 통해서 연결된 줄로 작동하는 일종의 샤워기를 만들려고 한 것입니다.

하지만 선천적으로 다리가 가는(남 탓도 잘하고, 신경질적인 옅은 갈색의 수염이 난) 토드 씨는 무거운 양동이를 밧줄과 고리가 있는 높이까지 올릴 수가 없었습니다. 토드 씨는 거의 균형을 잃고 넘어질 뻔했습니다.

코 고는 소리는 점점 더 커져 숨이 넘어갈 지경이었습니다. 토미 브록의 뒷다리 한쪽이 담요 안에서 꿈틀거렸지만, 여전히 그는 평화로운 꿈속입니다.

토드 씨는 양동이를 들고 무사히 의자에서 내려왔습니다. 곰곰이 생각한 뒤에 세면기에다 물을 버렸습니다. 빈 양동이는 그에게도 별로 무겁지 않았습니다

그는 빈 양동이를 토미 브록의 머리 위에 대롱대롱 매달았습니다. 이렇게 잠을 잘 자는 사람이 세상에 또 있을까요?

토드 씨는 의자 위에 올라갔다 내려가는 일을 반복했습니다. 토드 씨는 한 번에 양동이에 물을 가득 채울 수 없어서 우유 주전자로 물을 퍼서 양동이를 조금씩 채웠습니다. 양동이에 물이 차면 찰수록 시계추처럼 흔들렸습니다. 가끔 물방울이 떨어졌지만 토미 브록은 여전히 코를 골며 움직이지 않았습니다. 한쪽 눈을 뜬 채로 말이죠.

드디어 토드 씨의 준비가 모두 끝났습니다. 양동이는 물로 가득 찼고, 침대 위쪽으로 난 빨랫줄은 팽팽하게 당겨져서 창문틀을 지나 밖에 있는 나무에 연결되어 있었습니다.

"이제 내 침대는 완전히 엉망이 되겠지. 대청소라도 하지 않는 이상, 나는 두 번 다시 저 침대에서 잘 수 없어." 토드 씨가 말했습니다.

토드 씨는 마지막으로 토미 브록을 쳐다보고 방 밖으로 나갔습니다. 그는 집 밖으로 나와 현관문을 닫았습니다. 토끼들은 굴 안에서 그의 발소리를 들었습니다.

토드 씨는 집 뒤편을 서성였습니다. 밧줄을 풀어서 양동이가 토미 브록 위로 떨어지게 하려는 것입니다.

"나는 토미를 놀라게 해서 기분 나쁘게 만들 거야." 토드 씨가 말했습니다.

토드 씨가 침실을 나갔을 때 잠든 척하고 있던 토미 브록이 서둘러 일어나 토드 씨의 가운을 둘둘 말아 꾸러미를 만들어 담요 안에 자기 대신 놓아두고 크게 웃으면서 방 밖으로 나왔습니다.

토드 씨가 나무에 가보니 양동이의 무게 때문에 매듭이 너무 팽팽하게 당겨져 있어 풀 수가 없었습니다. 어쩔 수 없이 이빨로 빨랫줄을 갉아 끊어버리기로 했습니다. 토드 씨는 무려 20분 넘게 빨랫줄을 물어뜯고 갉았습니다. 이빨을 빼내자마자 팽팽했던 빨랫줄이 튀어오르며 끊어졌습니다. 그 힘이 어찌나 셌던지 토드 씨는 발랑 나자빠지고 말았습니다.

집 안에서는 물통이 떨어지면서 물이 철벅대고, 양동이가 떼굴떼굴 구르는 소리가 들렸습니다.

그런데 이상하게도 비명소리가 들리지 않았습니다. 토드 씨는 어리둥절했습니다. 그는 한동안 가만히 앉아서 귀를 기울여 소리를 듣다가 창문으로 안을 들여다봤습니다. 예상대로 침대 위에 물이 뚝뚝 떨어지고 있었고 양동이는 한쪽 구석에서 나뒹굴고 있었습니다. 담요로 덮인 침대 한가운데 흠뻑 젖은 납작한 무언가가 있었습니다. 침대 한복판에 있어서 양동이에 심하게 부딪힌 것 같았습니다(토미 브록의 불룩한 배 위를 가로질러 간 것처럼 보였지요). 머리 부분은 젖은 담요로 덮어져 있었고 뚝, 뚝, 뚝 매트리스에서 떨어지는 물방울 소리만 들릴 뿐 코를 고는 소리는 들리지 않았습니다.

토드 씨는 그 광경을 30분 동안 바라보다가 눈을 반짝이며 신나게 뛰어다녔습니다. 점점 과격하게 창문도 두드렸지만 담요 속 꾸러미는 꼼짝도 하지 않았습니다.

그래요, 의심할 여지도 없이 토드 씨가 계획했던 것 보다 훨씬 좋은 결과였습니다. 늙고 불쌍한 토미 브록이 양동이에 맞아 죽어버린 것입니다!

"저 불쾌한 녀석을 자기가 파놓은 구멍 속에 묻어버려야겠어. 침대는 바깥으로 꺼내서 햇볕에 말려야겠군." 토드 씨가 말했습니다.

“식탁보도 빨아서 잔디밭에 펼쳐 놓고 햇볕에 잘 말려야지. 담요는 꼭 널어서 바람에 말리고 침대는 철저하게 소독하고 다리미로 잘 다린 다음 따뜻한 물을 넣은 병으로 데워야지. 그렇지, 부드러운 비누, 원숭이 비누 등 온갖 종류의 비누와 소다, 솔, 벌레를 죽이는 페르시안 파우더에 냄새를 없앨 석탄산까지 모두 구해서 소독해야겠다. 유황을 태워야 할지도 모르겠군.”

그는 부엌에 있는 삽을 가지러 집으로 들어갔습니다.

“우선 구덩이를 준비하고 나서 담요 안에 있는 그 녀석을 끌고 나오면…….”

토드씨가 문을 열자 토미 브록이 토드 씨의 식탁 의자에 앉아 토드 씨의 찻주전자로 토드 씨의 찻잔에 토드 씨의 차를 따라 마시고 있었습니다. 토미 브록은 하나도 젖지 않은 뽀송뽀송한 털을 뽐내며 활짝 웃으며 찻잔을 토드 씨에게 던져버렸습니다. 온몸이 델 정도로 뜨거운 차가 토드 씨에게 쏟아지자 토드 씨가 토미 브록에게 달려들었고 토미 브록은 토드 씨와 깨진 찻잔이 흩어져 있는 사이에서 격투를 벌였습니다. 토미 브록과 토드 씨는 온 부엌을 휘저으며 엄청난 싸움을 벌였습니다. 바닥 아래에 있던 토끼들은 소리가 한 번 날 때마다 가구가 하나씩 넘어지는 것 같았습니다.

토끼들은 굴 밖으로 기어 나와 바위와 덤불들 사이를 어슬렁거리며 부엌에서 나는 소리에 걱정스럽게 귀를 기울였습니다.

집 안에서 나는 소음은 무시무시했습니다. 오븐 안에 있던 어린 토끼들이 흔들림에 깨어났습니다. 어쩌면 오븐 안에서 조용히 있어서 다행이었을지도 모릅니다.

식탁을 제외한 모든 것들이 넘어졌고, 벽난로 위 선반과 난로망을 제외한 모든 것들이 부서졌습니다. 도자기 그릇들은 박살이 나서 가루가 되어 있었습니다. 의자와 창문이 부서지고, 시계도 요란한 소리를 내며 떨어졌습니다. 바닥에는 토드 씨의 옅은 갈색 수염이 한 움큼 뽑혀 있었습니다.

벽난로 선반에는 꽃병이, 부엌 선반에는 그릇이, 난로 옆 요리판에는 주전자가 떨어져 있었습니다. 토미 브록은 라즈베리 잼 병에 발을 집어넣었습니다.

주전자 속의 끓는 물이 토드 씨의 꼬리로 쏟아졌습니다.

그때 여전히 웃고 있던 토미 브록은 마침 토드 씨보다 높은 쪽에 서 있었습니다. 토미 브록은 토드 씨를 통나무처럼 데굴데굴 굴려 집 밖으로 내보냈습니다.

둘은 집 밖에서도 으르렁거리며 싸웠습니다. 서로 뒤엉켜 바위에 부딪히며 둑과 내리막 언덕을 굴러갔습니다. 토미 브록과 토드 씨처럼 서로를 증오하는 사이도 없을 것입니다.

주변이 조용해지자마자 피터 래빗과 벤저민 버니는 덤불에서 나왔습니다.

"지금이야, 벤저민, 뛰어! 얼른 가서 애들을 구해! 그동안 내가 문에서 망을 볼게."

하지만 벤저민 버니는 겁이 났습니다.

"토드와 토미가 다시 돌아오면 어떡하지?"

"아니야, 돌아오지 않아."

"돌아올 거라니까!"

"나쁜 말은 하지 마, 내 생각에 그 둘은 이미 채석장에 떨어졌어." 여전히 벤저민 버니는 망설였고, 피터 래빗은 계속해서 벤저민 버니를 독촉했습니다.

"괜찮으니까 어서 움직여, 벤저민. 오븐 문을 닫으면 어린 토끼들을 놓친 걸 눈치채지 못 할 거야."

벤저민 버니와 피터 래빗은 토드 씨의 부엌으로 재빨리 들어갔습니다.

한편 토끼굴 속의 상황은 별로 좋지 않았습니다.

플롭시와 바운서 할아버지는 저녁에 다투고 나서 뜬눈으로 밤을 지새웠고 아침에 다시 다퉜습니다. 할아버지는 이제 토끼굴에 손님을 들인 적이 없다고 거짓말할 수가 없었습니다. 하지만 플롭시의 질문과 책망에는 여전히 아무말도 하지 않았습니다. 그렇게 힘든 하루가 지나갔습니다.

바운서 할아버지는 의자로 벽을 세운 뒤 시무룩하게 앉아 몸을 웅크리고 있었습니다. 플롭시는 할아버지의 파이프를 치우고 담뱃잎을 숨겼습니다. 플롭시는 마음을 가라앉히기 위해 집안의 모든 물건을 꺼내 청소를 하기 시작했습니다. 플롭시가 청소를 다 마치자, 바운서 할아버지는 의자 뒤에서 플롭시가 다음에는 무엇을 할지 걱정스러운 마음으로 생각하고 있었습니다.

그때 토드 씨의 부엌에서는 싸움의 잔해를 너머 벤저민 버니가 먼지 구름을 뚫고 오븐으로 다가가고 있었습니다. 오븐 문을 열고 손을 넣자 벤저민 버니는 따뜻하고 꼼지락거리는 움직임을 느낄 수 있었습니다. 벤저민 버니는 조심스럽게 자루를 들어 올려 피터 래빗과 다시 만났습니다.

"내가 구했어! 피터, 여기를 빠져나갈 수 있을까? 아니면 다시 숨을까?"

피터 래빗은 귀를 쫑긋 세웠습니다. 아직도 숲에서는 둘이 싸우는 소리가 메아리치고 있었습니다.

5분 후 두 마리의 토끼는 황소 제방을 깡충깡충 숨가쁘게 뛰어 내려왔습니다. 둘이서 자루를 나눠 들고 반은 질질 끌며 잔디에 부딪히기도 하며 내려왔습니다. 피터 래빗과 벤저민 버니는 집에 안전하게 도착했고 토끼굴 안으로 뛰어들어갔습니다.

피터 래빗과 벤저민 버니가 의기양양하게 아이들을 데리고 들어오자 바운서 할아버지는 그제야 안심을 했고 플롭시는 매우 기뻐했습니다. 어린 토끼들은 허기져 있었고 몸을 벌벌 떨고 있었지만 밥을 먹이고 침대에 눕히자 곧 안정을 되찾았습니다.

어린 토끼들을 되찾은 뒤 바운서 할아버지는 기다란 새 담뱃대와 신선한 담뱃잎을 선물 받았습니다. 할아버지는 점잔을 빼며 선물을 받았습니다.

바운서 할아버지는 용서를 받았고 모두 다 함께 저녁 식사를 했습니다. 피터 래빗과 벤저민 버니는 자신들이 겪은 이야기를 해주었습니다. 하지만 토미 브록과 토드 씨와의 다툼이 어떻게 끝났는지부터 말해버리고 말았답니다.

예리하고 반짝이는 두 눈으로 맛있는 음식을 찾아다니는 애플리 대플리 생쥐의 짧은 이야기로 시작해서 멋쟁이 기니피그의 몸단장을 구경하며 끝나는 노래입니다. 귀엽고 사랑스러운 동물들이 들려주는 이야기 속으로 모험을 떠나요.

애플리 대플리의 동요

Appley Dapply's Nursery Rhymes

꼬마 갈색 생쥐 애플리 대플리는

어느 집의 찬장으로 들어갔습니다.

그 집 찬장은 맛있는 음식들로 가득 했답니다.

케이크, 치즈, 잼, 비스킷—이것들은

모두 생쥐들이 좋아하는 것들이었습니다.

애플리 대플리는 예리하고 반짝이는 눈을 가졌습니다.

애플리 대플리는 파이를 좋아했습니다.

누가 코튼 테일 씨네 대문을 두드리는 걸까요?

똑똑, 똑똑, 똑똑!

방금 그녀의 귓가에 무슨 소리가 들린 것 같아요.

코튼 테일 씨가 빼꼼히 바깥을 내다보니 거기에는 아무도 없고
계단 위에 당근 선물만 덩그러니 놓여있었습니다.

잘 들어보세요!

또 문 두드리는 소리가 들리네요. 똑똑똑!

이런, 선물을 놓고 간 건 아기 검은 토끼였구나!

프릭클핀 아저씨는 가시가 난 등을 기댈 수 있는
쿠션을 가져본 적이 없었답니다.
그는 까만 코에 회색 수염이 나 있지요.
길 건너편 물푸레나무 그루터기에 살고 있어요.

구두 속에서 사는 아주머니를 알고 있나요?
아주머니에게는 어찌해야 할 지 모를 만큼
많은 자식들이 있어요.

만약 그녀가 구두 속에 산다면

그 아주머니는 분명 생쥐일거에요!

디고리 디고리 델벳!

검은색 벨벳 옷을 입은 작은 할아버지.

할아버지는 땅을 파고 또 파지요.

디고리 델벳이 판 구덩이는

여러분도 볼 수 있어요.

감자와 그레이비소스를 갈색의 빛 좋은 항아리에 담아
오븐에 넣고 뜨거울 때 대접해요.

상냥하고 싹싹한 기니피그가 있네요.

기니피그의 머리는 꼭 가발 같았어요.

그는 하늘처럼 푸른 빛깔의 멋진 타이를 맸어요.

그리고 수염과 단추는 무척 컸답니다.

Beatrix Potter

The Original Text

Cecily Parsley's Nursery Rhymes

The Tale of the Flopsy Bunnies

The Tale of Mr. Tod

Appley Dapply's Nursery Rhymes

Cecily Parsley's Nursery Rhymes

세슬리 파슬리의 동요

Cecily Parsley lived in a pen,
And brewed good ale for gentlemen;

Gentlemen came every day,
Till Cecily Parsley ran away.

Goosey, goosey, gander,
Whither will you wander?
Upstairs and downstairs,
And in my lady's chamber!

This pig went to market;
This pig stayed at home;

This pig had a bit of meat;

And this pig had none;

This little pig cried
Wee! wee! wee!
I can't find my way home.

Pussy-cat sits by the fire;
How should she be fair?
In walks the little dog,
Says "Pussy! are you there?"

"How do you do, Mistress Pussy?
Mistress Pussy, how do you do?"
"I thank you kindly, little dog,
I fare as well as you!"

Three blind mice, three blind mice,
See how they run!
They all run after the farmer's wife,
And she cut off their tails with a carving knife,
Did you ever see such a thing in your life
As three blind mice!

Bow, wow, wow!
Whose dog art thou?
"I'm little Tom Tinker's dog,
Bow, wow, wow!"

We have a little garden,

A garden of our own,
And every day we water there
The seeds that we have sown.

We love our little garden,
And tend it with such care,
You will not find a faded leaf
Or blighted blossom there.

Ninny nanny netticoat,
In a white petticoat,
With a red nose,—
The longer she stands,
The shorter she grows.

The Tale of the Flopsy Bunnies

플롭시의 어린 토끼들 이야기

It is said that the effect of eating too much lettuce is "soporific."

I have never felt sleepy after eating lettuces; but then I am not a rabbit. They certainly had a very soporific effect upon the Flopsy Bunnies!

When Benjamin Bunny grew up, he married his Cousin Flopsy. They had a large family, and they were very improvident and cheerful.

I do not remember the separate names of their children; they were generally called the "Flopsy Bunnies."

As there was not always quite enough to eat,—Benjamin used to borrow cabbages from Flopsy's brother, Peter Rabbit, who kept a nursery garden.

Sometimes Peter Rabbit had no cabbages to spare.

When this happened, the Flopsy Bunnies went across the field to a rubbish heap, in the ditch outside Mr. McGregor's garden.

Mr. McGregor's rubbish heap was a mixture. There were jam pots and paper bags, and mountains of chopped grass from the mowing machine (which always tasted oily), and some rotten vegetable marrows and an old boot or two. One day—oh joy!—there were a quantity of overgrown lettuces, which had "shot" into flower.

The Flopsy Bunnies simply stuffed lettuces. By degrees, one after another, they were overcome with slumber, and lay down in the mown grass.

Benjamin was not so much overcome as his children. Before going to sleep he was sufficiently wide awake to put a paper bag over his head to keep off the flies.

The little Flopsy Bunnies slept delightfully in the warm sun. From the lawn beyond the garden came the distant clacketty sound of the mowing machine. The bluebottles buzzed about the wall, and a little old mouse picked over the rubbish among the jam pots.

(I can tell you her name, she was called Thomasina Tittlemouse, a woodmouse with a long tail.)

She rustled across the paper bag, and awakened Benjamin Bunny. The mouse apologized profusely, and said that she knew Peter Rabbit.

While she and Benjamin were talking, close under the wall, they heard a heavy tread above their heads; and suddenly Mr. McGregor emptied out a sackful of lawn mowings right upon the top of the sleeping Flopsy Bunnies! Benjamin shrank down under his paper bag. The mouse hid in a jam pot.

The little rabbits smiled sweetly in their sleep under the shower of grass; they did not awake because the lettuces had been so soporific.

They dreamt that their mother Flopsy was tucking them up in a hay bed.

Mr. McGregor looked down after emptying his sack. He saw some funny little brown tips of ears sticking up through the lawn mowings. He stared at them for some time.

Presently a fly settled on one of them and it moved.

Mr. McGregor climbed down on to the rubbish heap—

"One, two, three, four! five! six leetle rabbits!" said he as he dropped them into his sack. The Flopsy Bunnies dreamt that their mother was turning them over in bed. They stirred a little in their sleep, but still they did not wake up.

Mr. McGregor tied up the sack and left it on the wall. He went to put away the mowing machine.

While he was gone, Mrs. Flopsy Bunny (who had remained at home) came across the field.

She looked suspiciously at the sack and wondered where everybody was?

Then the mouse came out of her jam pot, and Benjamin took the paper bag off his head, and they told the doleful tale.

Benjamin and Flopsy were in despair, they could not undo the string.

But Mrs. Tittlemouse was a resourceful person. She nibbled a hole in the bottom corner of the sack.

The little rabbits were pulled out and pinched to wake them.

Their parents stuffed the empty sack with three rotten vegetable marrows, an old blacking-brush and two decayed turnips.

Then they all hid under a bush and watched for Mr. McGregor.

Mr. McGregor came back and picked up the sack, and carried it off.

He carried it hanging down, as if it were rather heavy.

The Flopsy Bunnies followed at a safe distance.

The watched him go into his house.

And then they crept up to the window to listen.

Mr. McGregor threw down the sack on the stone floor in a way that would have been extremely painful to the Flopsy Bunnies, if they had happened to have been inside it.

They could hear him drag his chair on the flags, and chuckle—

"One, two, three, four, five, six leetle rabbits!" said Mr. McGregor.

"Eh? What's that? What have they been spoiling now?" enquired Mrs. McGregor.

"One, two, three, four, five, six leetle fat rabbits!" repeated Mr. McGregor, counting on his fingers—one, two, three—"

"Don't you be silly; what do you mean, you silly old man?"

"In the sack! one, two, three, four, five, six!" replied Mr. McGregor.

(The youngest Flopsy Bunny got upon the window-sill.)

Mrs. McGregor took hold of the sack and felt it. She said she could feel six, but they must be old rabbits, because they were so hard and all different shapes.

"Not fit to eat; but the skins will do fine to line my old cloak."

"Line your old cloak?" shouted Mr. McGregor—

"I shall sell them and buy myself baccy!"

"Rabbit tobacco! I shall skin them and cut off their heads."

Mrs. McGregor untied the sack and put her hand inside.

When she felt the vegetables she became very very angry.

She said that Mr. McGregor had "done it a purpose."

And Mr. McGregor was very angry too. One of the rotten marrows came flying through the kitchen window, and hit the youngest Flopsy Bunny.

It was rather hurt.

Then Benjamin and Flopsy thought that it was time to go home.

So Mr. McGregor did not get his tobacco, and Mrs. McGregor did not get her rabbit skins.

But next Christmas Thomasina Tittlemouse got a present of enough rabbit-wool to make herself a cloak and a hood, and a handsome muff and a pair of warm mittens.

The Tale of Mr. Tod

토드 씨 이야기

I have made many books about well-behaved people. Now, for a change, I am going to make a story about two disagreeable people, called Tommy Brock and Mr. Tod.

Nobody could call Mr. Tod "nice." The rabbits could not bear him; they could smell him half a mile off. He was of a wandering habit and he had foxey whiskers; they never knew where he would be next.

One day he was living in a stick-house in the coppice, causing terror to the family of old Mr. Benjamin Bouncer. Next day he moved into a pollard willow near the lake, frightening the wild ducks and the water rats.

In winter and early spring he might generally be found in an earth amongst the rocks at the top of Bull Banks, under Oatmeal Crag.

He had half a dozen houses, but he was seldom at home.

The houses were not always empty when Mr. Tod moved out; because sometimes Tommy Brock moved in; (without asking leave).

Tommy Brock was a short bristly fat waddling person with a grin; he grinned all over his face. He was not nice in his habits. He ate wasp nests and frogs and worms; and he waddled about by moonlight, digging things up.

His clothes were very dirty; and as he slept in the day-time, he always went to bed in his boots. And the bed which he went to bed in, was generally Mr. Tod's.

Now Tommy Brock did occasionally eat rabbit-pie; but it was only very little young ones occasionally, when other food was really scarce. He was friendly with old Mr. Bouncer; they agreed in disliking the wicked otters and Mr. Tod; they often talked over that painful subject.

Old Mr. Bouncer was stricken in years. He sat in the spring sunshine outside the burrow, in a muffler; smoking a pipe of rabbit tobacco.

He lived with his son Benjamin Bunny and his daughter-in-law Flopsy, who had a young family. Old Mr. Bouncer was in charge of the family that afternoon, because Benjamin and Flopsy had gone out.

The little rabbit-babies were just old enough to open their blue eyes and kick. They lay in a fluffy bed of rabbit wool and hay, in a shallow burrow, separate from the main rabbit hole. To tell the truth—old Mr. Bouncer had forgotten them.

He sat in the sun, and conversed cordially with Tommy Brock, who was passing through the wood with a sack and a little spud which he used for digging, and some mole traps. He complained bitterly about the scarcity of pheasants' eggs, and accused Mr. Tod of poaching them. And the otters had cleared off all the frogs while he was asleep in winter—"I have not had a good square meal for a fortnight, I am living on pig-nuts. I shall have to turn vegetarian and eat my own tail!" said Tommy Brock.

It was not much of a joke, but it tickled old Mr. Bouncer; because Tommy Brock was so fat and stumpy and grinning.

So old Mr. Bouncer laughed; and pressed Tommy Brock to come inside, to taste a slice of seed-cake and "a glass of my daughter Flopsy's cowslip wine." Tommy Brock squeezed himself into the rabbit hole with alacrity.

Then old Mr. Bouncer smoked another pipe, and gave Tommy Brock a cabbage leaf cigar which was so very strong that it made Tommy Brock grin more than ever; and the smoke filled the burrow. Old Mr. Bouncer coughed and laughed; and Tommy Brock puffed and grinned.

And Mr. Bouncer laughed and coughed, and shut his eyes because of the cabbage smoke.

When Flopsy and Benjamin came back—old Mr. Bouncer woke up. Tommy Brock and all the young rabbit-babies had disappeared!

Mr. Bouncer would not confess that he had admitted anybody into the rabbit hole. But the smell of badger was undeniable; and there were round heavy footmarks in the sand. He was in disgrace; Flopsy wrung her ears, and slapped him.

Benjamin Bunny set off at once after Tommy Brock.

There was not much difficulty in tracking him; he had left his foot-mark and gone slowly up the winding footpath through the wood. Here he had rooted up the moss and wood sorrel. There he had dug quite a deep hole for dog darnel; and had set a mole trap. A little stream crossed the way. Benjamin skipped lightly over dry-foot; the badger's heavy steps showed plainly in the mud.

The path led to a part of the thicket where the trees had been cleared; there were leafy oak stumps, and a sea of blue hyacinths—but the smell that made Benjamin stop, was not the smell of flowers!

Mr. Tod's stick house was before him and, for once, Mr. Tod was at home. There was not only a foxey flavour in proof of it—there was smoke coming out of the broken pail that served as a chimney.

Benjamin Bunny sat up, staring; his whiskers twitched. Inside the stick house somebody dropped a plate, and said something. Benjamin stamped his foot, and bolted.

He never stopped till he came to the other side of the wood. Apparently Tommy Brock had turned the same way. Upon the top of the wall, there were again the marks of badger; and some ravellings of a sack had caught on a briar.

Benjamin climbed over the wall, into a meadow. He found another mole trap newly set; he was still upon the track of Tommy Brock. It was getting late in the afternoon. Other rabbits were coming out to enjoy the evening air. One of them in a blue coat by himself, was busily hunting for dandelions.—

"Cousin Peter! Peter Rabbit, Peter Rabbit!" shouted Benjamin Bunny.

The blue coated rabbit sat up with pricked ears—

"Whatever is the matter, Cousin Benjamin? Is it a cat? or John Stoat Ferret?"

"No, no, no! He's bagged my family—Tommy Brock—in a sack—have you seen him?"

"Tommy Brock? how many, Cousin Benjamin?"

"Seven, Cousin Peter, and all of them twins! Did he come this way? Please tell me quick!"

"Yes, yes; not ten minutes since... he said they were caterpillars; I did think they were kicking rather hard, for caterpillars."

"Which way? which way has he gone, Cousin Peter?"

"He had a sack with something live in it; I watched him set a mole trap. Let me use my mind, Cousin Benjamin; tell me from the beginning." Benjamin did so.

"My Uncle Bouncer has displayed a lamentable want of discretion for his years;" said Peter reflectively, "but there are two hopeful circumstances. Your family is alive and kicking; and Tommy Brock has had refreshment. He will probably go to sleep, and keep them for breakfast."

"Which way?"

"Cousin Benjamin, compose yourself. I know very well which way. Because Mr. Tod was at home in the stick-house he has gone to Mr. Tod's other house, at the top of Bull Banks. I partly know, because he offered to leave any message at Sister Cottontail's; he said he would be passing." (Cottontail had married a black rabbit, and gone to live on the hill.)

Peter hid his dandelions, and accompanied the afflicted parent, who was all of a twitter. They crossed several fields and began to climb the hill; the tracks of Tommy Brock were plainly to be seen. He seemed to have put down the sack every dozen yards, to rest.

"He must be very puffed; we are close behind him, by the scent. What a nasty person!" said Peter.

The sunshine was still warm and slanting on the hill pastures. Half way up, Cottontail was sitting in her doorway, with four or five half-grown little rabbits playing about her; one black and the others brown.

Cottontail had seen Tommy Brock passing in the distance. Asked whether her husband was at home she replied that Tommy Brock had rested twice while she watched him.

He had nodded, and pointed to the sack, and seemed doubled up with laughing.—"Come away, Peter; he will be cooking them; come quicker!" said Benjamin Bunny.

They climbed up and up;—"He was at home; I saw his black ears peeping out of the hole."

"They live too near the rocks to quarrel with their neighbours. Come on, Cousin Benjamin!"

When they came near the wood at the top of Bull Banks, they went cautiously. The trees grew amongst heaped up rocks; and there, beneath a crag—Mr. Tod had made one of his homes. It was at the top of a steep bank; the rocks and bushes overhung it. The rabbits crept up carefully, listening and peeping.

This house was something between a cave, a prison, and a tumbledown pigstye. There was a strong door, which was shut and locked.

The setting sun made the window panes glow like red flame; but the kitchen fire was not alight. It was neatly laid with dry sticks, as the rabbits could see, when they peeped through the window.

Benjamin sighed with relief.

But there were preparations upon the kitchen table which made him shudder. There was an immense empty pie-dish of blue willow pattern, and a large carving knife and fork, and a chopper.

At the other end of the table was a partly unfolded tablecloth, a plate, a tumbler, a knife and fork, salt-cellar, mustard and a chair—in short, preparations for one person's supper.

No person was to be seen, and no young rabbits. The kitchen was empty and silent; the clock had run down. Peter and Benjamin flattened their noses against the window, and stared into the dusk.

Then they scrambled round the rocks to the other side of the house. It was damp and smelly, and overgrown with thorns and briars.

The rabbits shivered in their shoes.

"Oh my poor rabbit babies! What a dreadful place; I shall never see them again!" sighed Benjamin.

They crept up to the bedroom window. It was closed and bolted like the kitchen. But there were signs that this window had been recently open; the cobwebs were disturbed, and there were fresh dirty footmarks upon the windowsill.

The room inside was so dark, that at first they could make out nothing; but they could hear a noise—a slow deep regular snoring grunt. And as their eyes became accustomed to the darkness, they perceived that somebody was asleep on Mr. Tod's bed, curled up under the blanket.—"He has gone to bed in his boots," whispered Peter.

Benjamin, who was all of a twitter, pulled Peter off the windowsill.

Tommy Brock's snores continued, grunty and regular from Mr. Tod's bed. Nothing could be seen of the young family.

The sun had set; an owl began to hoot in the wood. There were many unpleasant things lying about, that had much better have been buried; rabbit bones and skulls, and chickens' legs and other horrors. It was a shocking place, and very dark.

They went back to the front of the house, and tried in every way to move the bolt of the kitchen window. They tried to push up a rusty nail between the window sashes; but it was of no use, especially without a light.

They sat side by side outside the window, whispering and listening.

In half an hour the moon rose over the wood. It shone full and clear and cold, upon the house amongst the rocks, and in at the kitchen window. But alas, no little rabbit babies were to be seen!

The moonbeams twinkled on the carving knife and the pie dish, and made a path of brightness across the dirty floor.

The light showed a little door in a wall beside the kitchen fireplace—a little iron door belonging to a brick oven, of that old-fashioned sort that used to be heated with faggots of wood.

And presently at the same moment Peter and Benjamin noticed that whenever they shook the window—the little door opposite shook in answer. The young family were alive; shut up in the oven!

Benjamin was so excited that it was a mercy he did not awake Tommy Brock, whose snores continued solemnly in Mr. Tod's bed.

But there really was not very much comfort in the discovery.

They could not open the window; and although the young family was alive—the little rabbits were quite incapable of letting themselves out; they were not old enough to crawl.

After much whispering, Peter and Benjamin decided to dig a tunnel. They began to burrow a yard or two lower down the bank. They hoped that they might be able to work between the large stones under the house; the kitchen floor was so dirty that it was impossible to say whether it was made of earth or flags.

They dug and dug for hours. They could not tunnel straight on account of stones; but by the end of the night they were under the kitchen floor. Benjamin was on his back, scratching upwards. Peter's claws were worn down; he was outside the tunnel, shuffling sand away. He called out that it was morning—sunrise; and that the jays were making a noise down below in the woods.

Benjamin Bunny came out of the dark tunnel, shaking the sand from his ears; he cleaned his face with his paws. Every minute the sun shone warmer on the top of the hill. In the valley there was a sea of white mist, with golden tops of trees showing through.

Again from the fields down below in the mist there came the angry cry of a jay—followed by the sharp yelping bark of a fox!

Then those two rabbits lost their heads completely. They did the most foolish thing that they could have done. They rushed into their short new tunnel, and hid themselves at the top end of it, under Mr. Tod's kitchen floor.

Mr. Tod was coming up Bull Banks, and he was in the very worst of tempers. First he had been upset by breaking the plate. It was his own fault; but it was a china plate, the last of the dinner service that had belonged to his grandmother, old Vixen Tod. Then the midges had been very bad. And he had failed to catch a hen pheasant on her nest; and it had contained only five eggs, two of them addled. Mr. Tod had had an unsatisfactory night.

As usual, when out of humour, he determined to move house. First he tried the pollard willow, but it was damp; and the otters had left a dead fish near it. Mr. Tod likes nobody's leavings but his own.

He made his way up the hill; his temper was not improved by noticing unmistakable marks of badger. No one else grubs up the moss so wantonly as Tommy Brock.

Mr. Tod slapped his stick upon the earth and fumed; he guessed where Tommy Brock had gone to. He was further annoyed by the jay bird which followed him persistently. It flew from tree to tree and scolded, warning every rabbit within hearing that either a cat or a fox was coming up the plantation. Once when it flew screaming over his head—Mr. Tod snapped at it, and barked.

He approached his house very carefully, with a large rusty key. He sniffed and his whiskers bristled. The house was locked up, but Mr. Tod had his doubts whether it was empty. He turned the rusty key in the lock; the rabbits below could hear it. Mr. Tod opened the door cautiously and went in.

The sight that met Mr. Tod's eyes in Mr. Tod's kitchen made Mr. Tod furious. There was Mr. Tod's chair, and Mr. Tod's pie dish, and his knife and fork and mustard and salt cellar and his table-cloth that he had left folded up in the dresser—all set out for supper (or breakfast)—without doubt for that odious Tommy Brock.

There was a smell of fresh earth and dirty badger, which fortunately overpowered all smell of rabbit.

But what absorbed Mr. Tod's attention was a noise, a deep slow regular snoring grunting noise, coming from his own bed.

He peeped through the hinges of the half-open bedroom door. Then he turned and came out of the house in a hurry. His whiskers bristled and his coat-collar stood on end with rage.

For the next twenty minutes Mr. Tod kept creeping cautiously into the house, and retreating hurriedly out again. By degrees he ventured further in—right into the bedroom. When he was outside the house, he scratched up the earth with fury. But when he was inside—he did not like the look of Tommy Brock's teeth.

He was lying on his back with his mouth open, grinning from ear to ear. He snored peacefully and regularly; but one eye was not perfectly shut.

Mr. Tod came in and out of the bedroom. Twice he brought in his walking-stick, and once he brought in the coal-scuttle. But he thought better of it, and took them away.

When he came back after removing the coal-scuttle, Tommy Brock was lying a little more sideways; but he seemed even sounder asleep. He was an incurably indolent person; he was not in the least afraid of Mr. Tod; he was simply too lazy and comfortable to move.

Mr. Tod came back yet again into the bedroom with a clothes line. He stood a minute watching Tommy Brock and listening attentively to the snores. They were very loud indeed, but seemed quite natural.

Mr. Tod turned his back towards the bed, and undid the window. It creaked; he turned round with a jump. Tommy Brock, who had opened one eye—shut it hastily. The snores continued.

Mr. Tod's proceedings were peculiar, and rather uneasy, (because the bed was between the window and the door of the bedroom). He opened the window a little way, and pushed out the greater part of the clothes line on to the window sill. The rest of the line, with a hook at the end, remained in his hand.

Tommy Brock snored conscientiously. Mr. Tod stood and looked at him for a minute; then he left the room again.

Tommy Brock opened both eyes, and looked at the rope and grinned. There was a noise outside the window. Tommy Brock shut his eyes in a hurry.

Mr. Tod had gone out at the front door, and round to the back of the house. On the way, he stumbled over the rabbit burrow. If he had had any idea who was inside it, he would have pulled them out quickly.

His foot went through the tunnel nearly upon the top of Peter Rabbit and Benjamin, but fortunately he thought that it was some more of Tommy Brock's work.

He took up the coil of line from the sill, listened for a moment, and then tied the rope to a tree.

Tommy Brock watched him with one eye, through the window. He was puzzled.

Mr. Tod fetched a large heavy pailful of water from the spring, and staggered with it through the kitchen into his bedroom.

Tommy Brock snored industriously, with rather a snort.

Mr. Tod put down the pail beside the bed, took up the end of rope with the hook—hesitated, and looked at Tommy Brock. The snores were almost apoplectic; but the grin was not quite so big.

Mr. Tod gingerly mounted a chair by the head of the bedstead. His legs were dangerously near to Tommy Brock's teeth.

He reached up and put the end of rope, with the hook, over the head of the tester bed, where the curtains ought to hang.

(Mr. Tod's curtains were folded up, and put away, owing to the house being unoccupied. So was the counterpane. Tommy Brock was covered with a blanket only) Mr. Tod standing on the unsteady chair looked down upon him attentively; he really was a first prize sound sleeper!

It seemed as though nothing would waken him—not even the flapping rope across the bed.

Mr. Tod descended safely from the chair, and endeavoured to get up again with the pail of water. He intended to hang it from the hook, dangling over the head of Tommy Brock, in order to make a sort of shower-bath, worked by a string, through the window.

But naturally being a thin-legged person (though vindictive and sandy whiskered)—he was quite unable to lift the heavy weight to the level of the hook and rope. He very nearly overbalanced himself.

The snores became more and more apoplectic. One of Tommy Brock's hind legs twitched under the blanket, but still he slept on peacefully.

Mr. Tod and the pail descended from the chair without accident. After considerable thought, he emptied the water into a washbasin and jug. The empty pail was not too heavy for him; he slung it up wobbling over the head of Tommy Brock.

Surely there never was such a sleeper! Mr. Tod got up and down, down and up on the chair.

As he could not lift the whole pailful of water at once, he fetched a milk jug, and ladled quarts of water into the pail by degrees. The pail got fuller and fuller, and swung like a pendulum. Occasionally a drop splashed over; but still Tommy Brock snored regularly and never moved,—except one eye.

At last Mr. Tod's preparations were complete. The pail was full of water; the rope was tightly strained over the top of the bed, and across the window sill to the tree outside.

"It will make a great mess in my bedroom; but I could never sleep in that bed again without a spring cleaning of some sort," said Mr. Tod.

Mr. Tod took a last look at the badger and softly left the room. He went out of the house, shutting the front door. The rabbits heard his footsteps over the tunnel.

He ran round behind the house, intending to undo the rope in order to let fall the pailful of water upon Tommy Brock—

"I will wake him up with an unpleasant surprise," said Mr. Tod.

The moment he had gone, Tommy Brock got up in a hurry; he rolled Mr. Tod's dressing-gown into a bundle, put it into the bed beneath the pail of water instead of himself, and left the room also—grinning immensely.

He went into the kitchen, lighted the fire and boiled the kettle; for the moment he did not trouble himself to cook the baby rabbits.

When Mr. Tod got to the tree, he found that the weight and strain had dragged the knot so tight that it was past untying. He was obliged to gnaw it with his teeth. He chewed and gnawed for more than twenty minutes. At last the rope gave way with such a sudden jerk that it nearly pulled his teeth out, and quite knocked him over backwards.

Inside the house there was a great crash and splash, and the noise of a pail rolling over and over.

But no screams. Mr. Tod was mystified; he sat quite still, and listened attentively. Then he peeped in at the window. The water was dripping from the bed, the pail had rolled into a corner.

In the middle of the bed under the blanket, was a wet flattened something—much dinged in, in the middle where the pail had caught it (as it were across the tummy). Its head was covered by the wet blanket and it was not snoring any longer.

There was nothing stirring, and no sound except the drip, drop, drop drip of water trickling from the mattress.

Mr. Tod watched it for half an hour; his eyes glistened.

Then he cut a caper, and became so bold that he even tapped at the window; but the bundle never moved.

Yes—there was no doubt about it—it had turned out even better than he had planned; the pail had hit poor old Tommy Brock, and killed him dead!

"I will bury that nasty person in the hole which he has dug. I will bring my bedding out, and dry it in the sun," said Mr. Tod.

"I will wash the tablecloth and spread it on the grass in the sun to bleach. And the blanket must be hung up in the wind; and the bed must be thoroughly disinfected, and aired with a warming-pan; and warmed with a hot-water bottle."

"I will get soft soap, and monkey soap, and all sorts of soap; and soda and scrubbing brushes; and persian powder; and carbolic to remove the smell. I must have a disinfecting. Perhaps I may have to burn sulphur."

He hurried round the house to get a shovel from the kitchen—"First I will arrange the hole—then I will drag out that person in the blanket...."

He opened the door....

Tommy Brock was sitting at Mr. Tod's kitchen table, pouring out tea from Mr. Tod's tea-pot into Mr. Tod's tea-cup. He was quite dry himself and grinning; and he threw the cup of scalding tea all over Mr. Tod.

Then Mr. Tod rushed upon Tommy Brock, and Tommy Brock grappled with Mr. Tod amongst the broken crockery, and there was a terrific battle all over the kitchen. To the rabbits underneath it sounded as if the floor would give way at each crash of falling furniture.

They crept out of their tunnel, and hung about amongst the rocks and bushes, listening anxiously.

Inside the house the racket was fearful. The rabbit babies in the oven woke up trembling; perhaps it was fortunate they were shut up inside.

Everything was upset except the kitchen table.

And everything was broken, except the mantelpiece and the

kitchen fender. The crockery was smashed to atoms.

The chairs were broken, and the window, and the clock fell with a crash, and there were handfuls of Mr. Tod's sandy whiskers.

The vases fell off the mantelpiece, the canisters fell off the shelf; the kettle fell off the hob. Tommy Brock put his foot in a jar of raspberry jam.

And the boiling water out of the kettle fell upon the tail of Mr. Tod.

When the kettle fell, Tommy Brock, who was still grinning, happened to be uppermost; and he rolled Mr. Tod over and over like a log, out at the door.

Then the snarling and worrying went on outside; and they rolled over the bank, and down hill, bumping over the rocks. There will never be any love lost between Tommy Brock and Mr. Tod.

As soon as the coast was clear, Peter Rabbit and Benjamin Bunny came out of the bushes—

"Now for it! Run in, Cousin Benjamin! Run in and get them! while I watch at the door."

But Benjamin was frightened—

"Oh; oh! they are coming back!"

"No they are not."

"Yes they are!"

"What dreadful bad language! I think they have fallen down the stone quarry."

Still Benjamin hesitated, and Peter kept pushing him—

"Be quick, it's all right. Shut the oven door, Cousin Benjamin, so that he won't miss them."

Decidedly there were lively doings in Mr. Tod's kitchen!

At home in the rabbit hole, things had not been quite comfortable.

After quarrelling at supper, Flopsy and old Mr. Bouncer had passed a sleepless night, and quarrelled again at breakfast. Old Mr. Bouncer could no longer deny that he had invited company into the rabbit hole; but he refused to reply to the questions and reproaches of Flopsy. The day passed heavily.

Old Mr. Bouncer, very sulky, was huddled up in a corner, barricaded with a chair. Flopsy had taken away his pipe and hidden the tobacco. She had been having a complete turn out and spring-cleaning, to relieve her feelings. She had just finished. Old Mr. Bouncer, behind his chair, was wondering anxiously what she would do next.

In Mr. Tod's kitchen, amongst the wreckage, Benjamin Bunny picked his way to the oven nervously, through a thick cloud of dust. He opened the oven door, felt inside, and found something warm and wriggling. He lifted it out carefully, and rejoined Peter Rabbit.

"I've got them! Can we get away? Shall we hide, Cousin Peter?"

Peter pricked his ears; distant sounds of fighting still echoed in the wood.

Five minutes afterwards two breathless rabbits came scuttering away down Bull Banks, half carrying half dragging a sack between them, bumpetty bump over the grass. They reached home safely and burst into the rabbit hole.

Great was old Mr. Bouncer's relief and Flopsy's joy when Peter and Benjamin arrived in triumph with the young family. The rabbit-babies were rather tumbled and very hungry; they were fed and put to bed. They soon recovered.

A long new pipe and a fresh supply of rabbit tobacco was presented to Mr. Bouncer. He was rather upon his dignity; but he accepted.

Old Mr. Bouncer was forgiven, and they all had dinner. Then Peter and Benjamin told their story—but they had not waited long enough to be able to tell the end of the battle between Tommy Brock and Mr. Tod.

Appley Dapply's Nursery Rhymes

애플리 대플리의 동요

APPLEY DAPPLY, a little brown mouse,
Goes to the cupboard in somebody's house.

IN somebody's cupboard
There's everything nice,
Cake, cheese, jam, biscuits,
—All charming for mice!

APPLEY DAPPLY has little sharp eyes,
And Appley Dapply is so fond of pies!

NOW who is this knocking
at Cottontail's door?
Tap tappit! Tap tappit!
She's heard it before?

AND when she peeps out
there is nobody there,

But a present of carrots
put down on the stair.

HARK! I hear it again!
Tap, tap, tappit! Tap tappit!
Why—I really believe it's a little black rabbit!

OLD Mr. Pricklepin
has never a cushion to
stick his pins in,
His nose is black and his
beard is gray,
And he lives in an ash stump
over the way.

YOU know the old woman
who lived in a shoe?
And had so many children
She didn't know what to do?

I THINK if she lived in
a little shoe-house—
That little old woman was
surely a mouse!

DIGGORY DIGGORY DELVET!
A little old man in black velvet;

He digs and he delves—
You can see for yourselves
The mounds dug by Diggory Delvet.

GRAVY and potatoes
In a good brown pot—
Put them in the oven,
and serve them very hot!

THERE once was an amiable guinea-pig,
Who brushed back his hair like a periwig—

HE wore a sweet tie,
As blue as the sky—

AND his whiskers and buttons
Were very big.

명품 고전 문학

Classic text

재미와 교훈이 있는
113가지 지혜

이솝우화

이솝우화 113편을 한데 엮은 것으로, 한 편의 우화가 끝나면 한 문장으로 교훈을 제시해 준다.

이솝 지음 | 225쪽 | 값 12,000원

온 가족이 함께 읽는

샤를 페로 고전동화집

전 세계적으로 가장 사랑받는 「잠자는 숲 속의 공주」, 「신데렐라」, 「장화 신은 고양이」 등 총 10편의 동화와 영문본이 실려 있다.

샤를 페로 지음 | 240쪽 | 값 12,500원

영혼을 울리는 사랑의 문장

젊은 베르테르의 슬픔

'사랑의 열병'을 이보다 더 잘 표현한 작품은 없다. 남자는 베르테르처럼 운명 같은 사랑을 원했고, 여자는 샤를 로테처럼 사랑받기를 원했다.

요한 볼프강 폰 괴테 지음 | 328쪽 | 값 12,800원

우리의 영원한 소녀

빨간 머리 앤

주근깨, 빼빼 마른 몸에 실수투성이지만 따뜻한 시선과 긍정적인 마음을 가진 빨간 머리 앤. 앤의 성장을 지켜보는 동안 자연스럽게 웃음이 번진다.

루시 모드 몽고메리 지음 | 500쪽 | 값 14,000원

마음이 따뜻해지는
가족 동화집

피터 래빗 이야기

영국이 낳은 20세기 최고의 작가 '베아트릭스 포터'의 작품 11편을 엮은 동화집. 자연친화적인 배경, 아기자기한 스토리, 재치 있는 반전까지 전 세대의 마음을 사로잡는다.

베아트릭스 포터 지음 | 352쪽 | 값 13,000원

사랑스러운 가족 동화집

피터 래빗의 친구들

'피터 래빗'의 그늘에 가려졌던 동물 캐릭터들의 총출동. 독특한 개성과 사랑스러움으로 「피터 래빗 이야기」를 능가하는 재미와 매력을 선사한다.

베아트릭스 포터 지음 | 376쪽 | 값 13,0500원

순수한 영혼 이야기

어린 왕자 ★ 별

생텍쥐페리의 「어린 왕자」와 알퐁스 도데 「별」을 비롯한 작품 4가지를 한 권에 담았다. 이 감동의 스토리에는 시와 철학뿐 아니라 인생의 숨은 진리가 담겨 있다.

앙투안 드 생텍쥐페리, 알퐁스 도데 지음 | 288쪽 | 값 12,800원

꿈을 심어주는 환상동화

이상한 나라의 앨리스

분홍 눈의 하얀 토끼와 함께 토끼 굴속 '이상한 나라'에 떨어진 앨리스의 신기한 대모험. 앨리스는 모험을 잘 마치고 자신이 살던 세상으로 돌아올 수 있을까?

루이스 캐럴 지음 | 320쪽 | 13,000원